OEUVRES

DE

P. CORNEILLE

—

ALBUM

IMPRIMERIE GÉNÉRALE DE CH. LAHURE

Rue de Fleurus, 9, à Paris

OEUVRES

DE

P. CORNEILLE

NOUVELLE ÉDITION

REVUE SUR LES PLUS ANCIENNES IMPRESSIONS

ET LES AUTOGRAPHES

ET AUGMENTÉE

de morceaux inédits, de variantes, de notices, de notes, d'un lexique des mots
et locutions remarquables, d'un portrait, d'un fac-simile, etc.

PAR M. CH. MARTY-LAVEAUX

ALBUM

PARIS

LIBRAIRIE DE L. HACHETTE ET Cie

BOULEVARD SAINT-GERMAIN

1862

Portrait de Pierre Corneille.

Ce portrait a été dessiné par M. Auguste Sandoz, d'après Charles le Brun, gravé par M. Pannier, et terminé par M. Leguay.

PIERRE CORNEILLE
Né à Rouen en 1606
Mort a Paris en 1684

ARMOIRIES DE PIERRE CORNEILLE,

dessinées par M. Ch. Millon de Montherlant, d'a-
près le blason qui se trouve au bas du portrait
dessiné par Paillet (pour l'édition de 1663), et
d'après l'*Armorial général de France*.

ARMES DE CORNEILLE

FAC-SIMILE D'AUTOGRAPHES

A. Dion

Mon R. P.

Je receus vostre paquet il
differera a nous en remercier
de notres ordinaires de la se
maintenant comme Marcy
conte de mon administration
le loisir de lire a
mais ayant recte les yeux
dattere du 7 du courant et
nous faire scauoir que de
faire couster du peut pane
dixhuit liures a uxriu de s
Je uous supplie de n'auoir
que si la uoye du Messager
bien recouyrense par la que
dautant que ir questoy b.
faueur que ir receuray d
une quitaine non la liue
nenuoyant il opuscule du
en attendant ie nous di
de ma uexsion, ce que se
calme, ien donneray une s

A Rouen la veille des Pasques 1652

Mon R. P.

Je receus vostre paquet Mon caredy dernier et auois resolu de
differer a vous en remercier apres les festes dautant que les
deuotions ordinaires de la semaine sainte et les embarras ou ie suis
maintenant comme marguillier de ma paroisse qui doibt rendre
conte de mon administration dans deus ou trois iours, ne me donnent point
le loisir de lire aucune chose de ce que vous m'enuoyes,
mais ayant ietté les yeux sur vostre lettre iay veu qu'elle estoit
dattée du 7 du courant et que ce seroit reculer trop loin que à
nous faire sçauoir que ie lay receue, Vous aues eu peine de me
faire conster du pleul par le messager, et vostre paquet a esté
dixhuit iours a venir de Paris a Rouen pour me faire ceste espargne
Je vous supplie de n'auoir plus ceste inconspection et de croire
que si la voye du messager n'est pas si onereuse qu'on n'en soit
bien recompensé par la promptitude. Je vous fais ceste priere
dautant que ie sçauoy bien que ce ne sera pas la derniere
faueur que ie receuray de vous. Je vous demande donc encor
vne quinzaine pour le liure et vous en mander ma pensée et vous
renuoyant l'opuscule du P. Stefanus qui vous est venu d'Allemagne
en attendant ie vous diray que ie trauaille a la continuation
de ma uersion, ce que si tost que nous pourrons auoir quelque
calme, ie'n donneray vne seconde partie au public, auec la premiere

fout couxigie en beaucoup d'endroit. C'est ce qui me fait vous prier
de deux choses, l'une que vous donner advis de ce que
vous et nos amis trouverez à propos de corriger dans cette premiere
soit pour la bassesse de l'expression, soit que pour la fidélité que
ie dois au texte de l'autheur, car ie suis de ceux qui ne se tiennent
pas impeccables, et qu'un advis particulier oblige autant, qu'une
censure publique offence. L'autre est de vouloir contribuer quelque
chose à l'un embellissement que ie prepare à ce travail, c'est
que ie me suis resolu de mettre des tailles douces au devant de
chaque chapitre, et en ay desja fait graver une et qui ie vous
envoye, afin que vous puissiez cognoistre mieux l'ordre du dessein
qu'est de choisir un exemple dans la vie des saints ou dans
la Bible et l'appliquer une sentence tirée du chapitre
ou il est l'impon, ou m'en graver encor deux ou trois,
mais comme ie ne puis pas fout fiabant en ces histoires ie meudie
des saincts eglis tous les religieux de ma cognoissance. Entre autres
eug besoin que vous m'en donnier de nos saints, parce que dans
celles que ie vous envoye, vous en trouverez trois de l'abbé de
St Benoist, et on pourroit prendre de la pour une declaration
tacite le party des Benedictins dans vostre querelle
Vous m'obligerez donc fort de m'en donner quelques uns de vostre
Saint, et s'il se peut mesme de Thomas à Kempis, pour appliquer
à ces chapitres qui me manquent encor de cette premiere peine
ou aux cinq derniers du premier livre ou au douze du
second qui composeront la seconde partie. Je n'ay point encor

des exemples aux estes pour le premier es de l'ordinaire appartenons
ne pour les 10, 11, 12, 14. et 19. De reste des vingt premiers est remply
mais il faut s'il vous plaist que ce ne soit pas une simple image de saint mais
une action qui puisse quelque soit belle apprendre, Je me prie que i'avois
de consentir ma neutralité entre les deux parts, m'avoit fait adresser desja à
vos RR. de St 2o pour cela, mais ie n'en ay pas eu de satisfaction. Si vous m'en
daigniez prendre la peine de songer, (ce il me semble que vous pouvez quelque interest)
de ce que nous voulussiez remplir ces cinq places vacantes il faudroit s'il vous
plaist m'en envoyer les suiets dans dix ou douze iours, pour les chapitres qui feront
la seconde partie, ii n'ay rien qui presse mais comme ie serois adiousté desja ces
images, à la cugrathe si i'avois ma cinquaine fournie, ie excuse de tous costes à
trouver de quoy. Tenez excuse l'incivilité de ma prieze, et aurez l'honneur de vous escrire
plus au long dans huit ou dix iours. Cependant, obligez moy de croire que si les raisons de
nos adversaires, n'ont fait douter St J. a Ressoit l'autheur de ce que ie traduis, du moins
ils ne m'ont point encor persuadé que Francoeur ay iamais esté au monde. Fay
grande obligation au R. Sauple dont Cyrithe, me donne autant de confusion pour moy que
ie dois d'admiration à la beauté de ses vers. Nous avons icy une famille de ce nom là
ie voudrois qu'il en fut afin de n'y pouvoir vanter. de l'avoir pour compatriste à la
premiere inquisition que ie feray feriit, ie luy demanderay la permission de me
parer de son travail, et des eloges qu'il m'a donné sous les mediter. Je pense ne vous
escrire que de deux lignes à la desrobbée, et a peine m'esté trouver place pour vous dire

Au R. P.

Le R. P. Boulant

A Paris.

2° Hymnes de Sainte-Geneviève, imprimées au
tome IX, p. 619-625. — L'original est à la bi-
bliothèque Sainte-Geneviève (voyez tome IX,
p. 615-617).

Hymne de Ste Genevieve

Pour Le Jour De sa feste Le 3 Janvier

A Vespres.

Que De toutes nos Voix Vn plein concert s'éleue
A La gloire de Genevieve
Terre applaudit au Ciel luy mesme Il t'applaudit
Il t'en daigne luy mesme apprendre sa naissance
Ecoute Vn ange qui te dit
qu'il Vient de Naistre En Elle Vn appuy pour la france
L'un saint prelat qui Voit dans Vne si Jeune ame
Briller tant de celeste flame,
Vierge Heureuse, dit il, qheureux sont tes parents!
Soudain qu'elle s'entend, La Vierge a Dieu se troue
Et quitte Enfin Et presse et champs
pour montrer a La Cour Comme Il faut qu'on le loue
Ses miracles par tout Sauuent son grand Courage,
Ils passent Et le sexe, Et l'aage
Dans sa chair qui l'enferme Elle Est hors de sa chair,
Et dans sa pauureté riche plus que tous autres,
quiconque Sa peut approcher
Croit Sa Vertu pareille a Celle des apostres.
Bonneur de ta patrie Et de La terre Entiere,
Vierge des Vierges La Lumiere
Nostre patrone a tous, Entens nos humbles Voeux
Et du Ciel ou tu Vois ta Couronne asseurée
fay qu'en terre de Chastes feux
puissent toujours regner dans nostre ame Epurée
a La trinité Sainte, Eternelle puissance,
Eternelle reconnoissance,
qu'on La serue En tout temps, qu'on s'honnore En
Excaltons En Sa gloire En sa Vierge fidelle   Tous Lieux,
Si Nous Voulons Vn Jour aux cieux
Estre assis dans Vn trosne, et Couronnes Comme Elle.

VUES D'HABITATIONS

P. Corneille. — Album.

I

Vue de la maison ou P. Corneille est né,

rue de la Pie, à Rouen.

Cette vue a été dessinée par M. Hubert Clerget,
d'après les dessins de MM. Beaunis et Dumée.

MAISON OU EST NÉ P. CORNEILLE, RUE DE LA PIE, A ROUEN.

Dessin de M. Hubert Clerget, d'après MM. Beaunis et Dumée.

II

Vue de la maison ou P. Corneille a été élevé,

à Petit-Couronne.

Cette vue a été dessinée par M. Paul Richner,
d'après une photographie.

MAISON OU P. CORNEILLE A ÉTÉ ÉLEVÉ, A PETIT-COURONNE.

Dessin de M. Paul Richner, d'après une photographie.

III

Vue de la maison ou P. Corneille est mort,

à Paris, rue d'Argenteuil, n° 18.

Cette vue a été dessinée d'après nature par
M. Hubert Clerget.

MAISON OU EST MORT P. CORNEILLE, RUE D'ARGENTEUIL, A PARIS.

Dessin de M. Hubert Clerget, d'après nature.

THÉÂTRES, DÉCORATIONS,

COSTUMES

J

Emplacement des deux principaux théâtres

où furent jouées les pièces de P. Corneille.

(Extrait du plan de Paris de Gomboust.)

1° Comédiens du Marais.

2° Hôtel de Bourgogne.

P. Corneille. — Album.

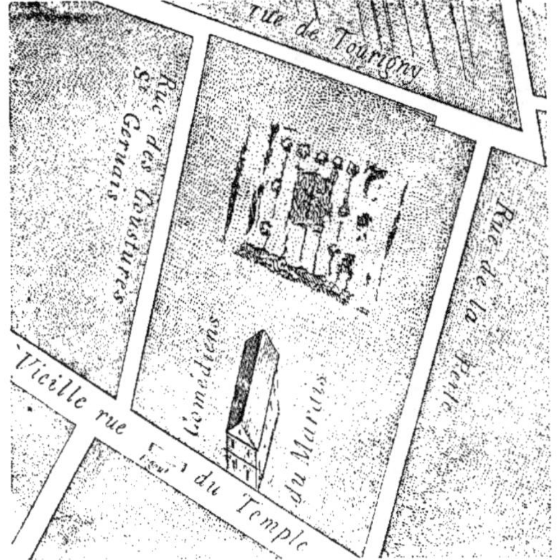

THEATRE DES COMEDIENS DU MARAIS.

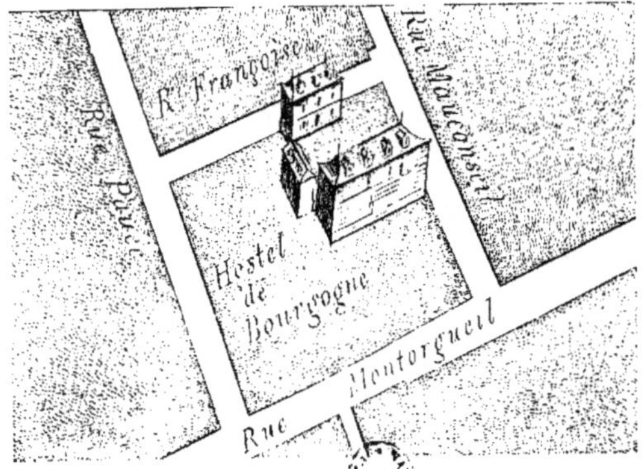

THÉATRE DES COMÉDIENS DE L'HOTEL DE BOURGOGNE.

II

dessinée par M. Washington, d'après une gravure
d'Abraham Bosse. (Voyez tome II, p. 5.)

LA GALERIE DU PALAIS.

Dessin de M. Washington, d'après Abraham Bosse.

III

Frontispice de l'édition originale de *Polyeucte*,
dessiné par M. Godard. (Voyez tome III,
p. 468.)

IV

L'acteur Jodelet,

dessiné par M. P. Sellier, d'après Abraham Bosse.
Il tient une bourse à la main, comme dans la
scène II de *la Suite du Menteur* (tome IV,
p. 299.)

Voyez sur Jodelet, tome IV, p. 123-125.

L'ACTEUR JODELET.

Dessin de M. Paul Sellier, d'après Abraham Bosse

V

Décoration du Ier acte d'*Andromède*.

(Apparition de Vénus dans une étoile : voyez
tome V, p. 261, 283 et 284, 298 et 329.)

Dessin de M. E. Thérond, d'après Chauveau.

DÉCORATION DU PREMIER ACTE D'ANDROMÈDE.

Dessin de M. E. Thérond, d'après Chauveau.